AF310320

E. MATRAT

La Classe !...

BOUFFONNERIE MILITAIRE EN UN ACTE

PARIS. — I

P.-V. STOCK, ÉDITEUR

(Ancienne Librairie TRESSE & STOCK)

155, RUE SAINT-HONORÉ, (PRÈS *la Civette*)

en face du Théâtre-Français

—

1905

LA CLASSE !...

BOUFFONNERIE MILITAIRE EN UN ACTE

Représentée pour la première fois, au Trocadéro, le 20 novembre 1904.

E. MATRAT

La Classe !...

BOUFFONNERIE MILITAIRE

EN UN ACTE

PARIS. — I

P.-V. STOCK, ÉDITEUR

(Ancienne Libraire TRESSE & STOCK)

155, RUE SAINT-HONORÉ, PRÈS *la Civette*
en face du Théâtre-Français
1905

PERSONNAGES

LE CAPORAL.. . . . . MM. Matrat.
GORDIFLAUT, jeune soldat.   Tunc.
LE MAJOR.. . . . .   Collen.
RAPÉ, moniteur de gymnastique.. . . .   Davin.
LE SERGENT . . . .   Weber.

Les rôles du major et du sergent peuvent être joués
au besoin par le même acteur.

LA CLASSE !...

Le théâtre représente la cour d'une caserne. A droite, premier plan, un banc de bois.

Dans les salons, il suffira d'un paravent.

Les sonneries réglementaires peuvent être jouées sur un piston, au besoin même sur un piano.

SCÈNE PREMIÈRE

RAPÉ, puis GORDIFLAUT.

Rapé en bourgeron, pantalon de treillis et bonnet de police est assis sur le banc, prenant son café dans une gamelle. — On entend, à la cantonade, le clairon qui sonne le réveil.

LE CAPORAL, criant dans la coulisse.

Tout le monde a eu leur café, ici ?..

GORDIFLAUT, dans la coulisse aussi.

Caporal, y a-t-y pas du rabiot ?..

LE CAPORAL.

Je vas vous en fiche, moi, du rabiot !..

GORDIFLAUT, entre, son quart de café à la main, son pain
de munition sous le bras, il se coupe des mouillettes.

C'est bon, caporal. Vous estomaquez pas le galou-
bet, j'en ai assez de votre cafiau.

Il s'asseoit sur le banc.

RAPÉ.

Te voilà, toi, hé ! Rigolo. Pain de seigle !.. Tu t'es
levé le pied le premier, ce matin ?

GORDIFLAUT.

C'est le cabot d'ordinaire qui me refuse du rabiot.

RAPÉ.

Faut réclamer au colonel !

GORDIFLAUT.

J'y tiens pas à leur café, j'en ai ma suffisance et
puis il est pas espatrouillant.

RAPÉ, se pourléchant.

Je le trouve bath, moi !

GORDIFLAUT.

Y a le caporal de la 7ᵉ escouade y dit comme ça
que c'est du jus de chapeau qu'on nous donne ! et
puis que le bon c'est pour le double et les pieds de
banc...

RAPÉ.

Et puis pour d'autres itou !

Il boit.

GORDIFLAUT.

Pour le sûr, toi, l'ancien, t'es un roublard, tu la
connais...

RAPÉ.

Tu peux le dire... et puis je la pratique !

GORDIFLAUT.

Fricoteur !

RAPÉ.

Pauvre bleu !

GORDIFLAUT.

Je suis plus un bleu.

RAPÉ.

Non ! t'as encore dans tes poches des miettes de pain de chez toi.

GORDIFLAUT.

De quoi ?.. V'là au jour d'aujourd'hui douze semaines que je compte à l'ordinaire. Comme le temps passe, hein ?

RAPÉ.

Tu trouves ça, toi ? Eh bien, t'as pas les foies blancs !..

GORDIFLAUT.

Dame ! il ne me reste que trente-trois mois à faire...

RAPÉ.

Une paille !

GORDIFLAUT.

Je suis quasiment de la classe !

RAPÉ.

Oh ! là ! là ! la classe qui arrive, oui !

GORDIFLAUT.

Toi, t'es de la classe qui s'en va, hein ?

RAPÉ, lui frappant sur l'épaule.

Comme tu dis, salsifis !

GORDIFLAUT, se tordant.

T'es rupin, Célestin !

RAPÉ, esquissant un pas de danse.

Encore vingt-six boules de son à bouffer, et puis je me trotte !

GORDIFLAUT.

Tu vas rengager ?

RAPÉ, faisant un pied de nez.

Eh bien, et celui-là est-ce qu'il rengage ?

GORDIFLAUT, malin.

Tu rengages dans les chemises rondes ?

RAPÉ, lui secouant la tête.

Hé ! le dégourdo-là, il se débrouille !

GORDIFLAUT.

Bien sûr ! Tu m'en as assez fait, des blagues, hein ! avec le tambour !

RAPÉ.

Moi ?

GORDIFLAUT.

Non, le général de brigade !

RAPÉ.

En tout cas, ça t'a fait du bien, ça t'a dégourdi...

GORDIFLAUT.

Et puis, moi, je les referai aux autres, tiens donc ! Chacun son tour, pas vrai ?

RAPÉ.

T'arriveras, mon petit gas, si les petits cochons te boulottent pas en route.

GORDIFLAUT.

Et puis, je veux être moniteur à la gymnastique

comme toi. Oh! la savate et le chausson! j'aime ça comme mes petits boyaux!

RAPÉ, faisant des feintes de coups de pied.

T'es ambitionneux, toi! Veux-tu que je t'apprenne la dix-huitième?

SCÈNE II

RAPÉ, GORDIFLAUT, LE CAPORAL.

On entend le clairon qui sonne aux consignés. Le caporal entre vivement.

LE CAPORAL, en entrant.

Allons, les consignés, à la corvée de quartier! (A Gordiflaut qui mange toujours.) Eh ben, vous avez pas entendu ce que je vous parle?

GORDIFLAUT, la bouche pleine.

J'ons entendu.

LE CAPORAL.

Eh ben?...

GORDIFLAUT, de même.

Eh ben, est-ce que ça me touche?

LE CAPORAL, consultant sa liste.

Vous êtes consigné, je crois, vous vous appelez bien Gordiflaut...

GORDIFLAUT.

C'est vrai.

LE CAPORAL.

Eh ben, alors?.. Ouste!

GORDIFLAUT.

Pardon, caporal, c'est vrai que je m'appelle Gordiflaut, mais ma consigne elle est finie d'hier au
soir.

LE CAPORAL.

A qui que vous dites ça, hein ? Vous êtes encore
sur la liste ; empoignez-moi ce balai et vivement !

GORDIFLAUT.

C'est violent, ça ? C'est pas à moi de marcher,
voyons, puisque j'ai fini ma consigne... j'y coupe, à
la corvée.

LE CAPORAL.

Vous n'allez pas couper à deux jours que je vas
vous envoyer, moi, vous savez !

GORDIFLAUT.

Mais, caporal, puisque ma consigne est finie...

LE CAPORAL.

Je m'en f...iche ! Vous n'êtes pas rayé sur la liste.

GORDIPLAUT.

Il est terrible, cet homme-là !...

LE CAPORAL.

Qu'est-ce que vous dites ?

GORDIFLAUT, qui a pris le balai dans un coin.

Rien, je balaie.

LE CAPORAL.

Il n'est que temps, bon Dieu ! (A Rapé, qui se tord.)
Quoi que vous avez à rigoler, vous ?

RAPÉ.

Si on te le demande...

LE CAPORAL.

Me tutoyez pas, une!.. Tâchez voir moyen de conserver vos distances !

RAPÉ, moqueur.

Colonnes à distances entières !

LE CAPORAL.

Est-ce que vous se f...ichez de moi ?

RAPÉ.

J'oserais pas !

LE CAPORAL.

Je vas vous oser deux jours!

RAPÉ.

Oh ! là là, mon œil !

GORDIFLAUT, en balayant.

On ne peut pas manger tranquillement sa boule de son! Quel métier!

LE CAPORAL.

Quoi que vous rognonnez tout seul?

GORDIFLAUT.

Je rognonne pas.

LE CAPORAL, allant à lui.

J'ai pas les oreilles dans ma poche, vous savez... Et si vous me manquez, moi, je vous manquerai pas! Vous savez seulement pas tenir un balai!...

GORDIFLAUT.

Je le tiens ferme, cependant.

LE CAPORAL.

Vous êtes empoté comme une poule qu'aurait trouvé un pompon! (On entend sonner le rappel pour l'exer-

cice.) V'là qu'on rappelle, allez vous mettre en tenue
et rapidement !

Gordiflaut donne son balai au caporal et sort en courant.

SCÈNE III

RAPÉ, LE CAPORAL.

LE CAPORAL.

Il me colle son balai dans les bras, maintenant !
Il n'a pas la trouille !.. Eh ben, mon colon !.. (Il replace le balai dans la coulisse. — A Rapé.) C'est votre
faute, aussi !

RAPÉ, assis sur le banc.

Ma faute ?.. Elle est suave, celle-là !

LE CAPORAL.

Les bleus de [cette classe-ci, ils veulent pas en
fiche une secousse du service.

RAPÉ.

Mais je m'en bassine la paupière...

LE CAPORAL.

Non, mais c'est pour dire, pourquoi qu'ils n'en
fichent pas un coup, les bleus, cette année ?

RAPÉ.

J'en ignore.

LE CAPORAL.

Je vas te le dire, veux-tu ?

RAPÉ, ironique.

Me tutoyez pas, une !...

LE CAPORAL, s'asseyant.

Quand on est entre nous, ça fait rien. C'est devant les bleus qu'il faut pas, parce que ça fait qu'ils oublient le respect de la hiérarchie des gradés... Et v'là justement le parce que qui fait qu'ils ne veulent rien savoir du service.

RAPÉ.

T'as vu ça sans lunettes, toi ?... T'es rien mariolle !

LE CAPORAL.

Oui, mon vieux, j'ai vu ça. De notre temps on pivotait du matin au soir.

RAPÉ.

Toi, pas moi !

LE CAPORAL.

Moi, si tu veux. Je m'abrutissais sur l'astiquage et la théorie et puis sans rouspéter.

RAPÉ.

Oui, mais t'es déjà caporal, rapport à tes protections.

LE CAPORAL.

Mais les bleus, aujourd'hui, ils se croient plus malins que les ceux de la classe, ils ostinent les gradés par des observations subséquentes et autres ; faut des explications à ces messieurs.

RAPÉ.

C'est les nouvelles couches.

LE CAPORAL.

Ah ! malheur ! ils en ont des couches ! Si qu'on voudrait être méchant, seulement un peu pète-sec, on te vous les collerait tous les jours à la boîte, ces lascars-là, et sur deux rangs, bon soir de bon sang ! et avec des salco motifs, encore !...

RAPÉ.

Des motifs à passer au conseil ?

LE CAPORAL.

Mais des fois! seulement, voilà, on est bon garçon tout de même, quoi !

RAPÉ.

Ça, c'est vrai, t'es pas mauvais zig !

LE CAPORAL.

C'est que ça y est! Bien souvent ils font des réflexions, mon vieux, je ferme les yeux pour pas entendre.

RAPÉ.

Bien, ça !...

LE CAPORAL, se montant.

Y a qu'à l'exercice... Oh ! là, par exemple, je suis invulnérable ! Faut que ça barde, bon sang !

RAPÉ, blagueur.

S'agit pas de batifoler, dans ton escouade alors!

LE CAPORAL, s'échauffant.

Moi, je suis un type dans le genre du colonel, je pense comme lui. Tu sais ce qu'il dit, le colo?

RAPÉ.

J'y ai jamais parlé.

LE CAPORAL, solennel.

Il dit comme ça qu'un bon soldat il doit être aussi bien discipliné dessus le champ de manœuvre kif-kif comme dessus le champ de bataille!

RAPÉ, ironique.

Hé! là ! t'emballe pas!

LE CAPORAL.

J'aurais pas mieux dit, moi, ainsi... et le général non plus... même le ministre ! Est-ce que j'ai pas raison ?

RAPÉ.

T'as raison, moi j'ai pas tort ; je m'en vais, nous serons d'accord !

LA VOIX DU LIEUTENANT, dans la coulisse, se fait entendre.

Tenez, caporal, faites-moi manœuvrer tout seul ce maladroit-là !

Gordiflaut entre avec son fourniment et son fusil. Le caporal prend son arme dans un coin de la coulisse.

LE CAPORAL.

Oui, mon lieutenant, à l'instant même. (A Gordiflaut.) Garde à vous !

RAPÉ, riant.

Ça va ronfler, hein ! Tu es content ?

LE CAPORAL, sévèrement.

Je vous ai dit de pas me tutoyer !

RAPÉ, moqueur.

Au revoir, mon pays !

LE CAPORAL, avec autorité.

Je vous parle pas, gardez vos « à revoir » pour vous !

RAPÉ, bas.

A la pause, je t'attends à la cantine.

LE CAPORAL, bas.

Entendu !

Rapé sort.

SCÈNE IV

LE CAPORAL, GORDIFLAUT.

LE CAPORAL, commandant.

Garde à vous ! Allons, prenez la position. Les talons joints. Ouvrez la pointe du pied droit. (L'exami-
nant.) Ah ! ça, comment que vous êtes fagoté ? Votre
ceinturon va vous tomber sur les mollets !... Demi-
tour... droite ! (Gordiflaut se tourne, dos au public ; il a une
tête d'âne à la craie sur sa veste.) Qu'est-ce que vous avez
dans le dos ? (Gordiflaut fait des contorsions pour essayer de
voir.) Vous vous faites une tête d'âne ? Vous n'avez
pas assez de la vôtre ?... Eh ben, répondez ! Qu'est-ce
que c'est que cette tenue ? Voulez-vous répondre ?

GORDIFLAUT.

Je veux bien.

LE CAPORAL.

Alorsss ?...

GORDIFLAUT.

Je comprends rien à ce que vous me dites.

LE CAPORAL.

Je parle français, pourtant, j'intitule... Qui qui vous
a fait des dessins linéaires sur vos effets ? C'est une
farce d'un loustic, ça, probablement.

GORDIFLAUT.

'On m'en fait plus de farces, je suis plus un bleu !

LE CAPORAL.

Je sais pas si vous êtes plus bleu ; ce que je sais

bien, c'est que vous en avez une rude pochetée!... (Il lui efface la craie de sa veste.) Et cette giberne!... C'est comme ça qu'on met une giberne? Et votre veste qui remonte par dessus votre tête! (Il l'arrange.) Demi-tour, droite!... Votre képi est tout de travers... Vous pouvez pas vous coiffer à l'ordonnance, vingt-cinq bonsoirs! (Il lui replace son képi sur les yeux.) Faut tou-jours avoir une *altitude* militaire... Là!... Nous allons faire des exercices d'assouplissement... Portez... ar-mes! Un! deux! C'est mauvais, ça!... Autant! Repo-sez... armes! (Gordiflaut se flanque la crosse sur le pied.) Prenez garde à vos cors, si vous en avez... Ah! vous manœuvrez bien, mon garçon!... Portez... Armes!... Un, deux! Passez l'arme dans la main gauche. En position! Mouvement vertical des bras avec flexion en quatre temps! V'là votre mouvement. (Le caporal exécute le mouvement.) Un, deux, trois, quatre... Mou-vement vertical des bras avec flexion en quatre temps!... Commencez! Un, deux, trois, quatre. Et comptez à haute voix avec moi. (Ils comptent tous deux. Gordiflaut, un peu essoufflé, s'arrête de compter.) J'entends que vous ne comptez pas! (Ils comptent tous deux.) Ces-sez!... Mouvement horizontal des bras en deux temps avec flexion.

GORDIFLAUT.

Qué que c'est que cette bête-là?

LE CAPORAL.

Silence! On ne parle pas sous les armes!

GORDIFLAUT.

Vous parlez tout le temps!

LE CAPORAL.

Moi, je le dois, mais pas vous, bon sang!

GORDIFLAUT, tout bas.

J'ons compris.

LE CAPORAL.

V'là votre mouvement : Un, deux ! (Il l'exécute.) Mouvement horizontal des bras en deux temps avec flexion sur les extrémités inférieures... Commencez ! Un, deux ! Un, deux ! Comptez donc à haute voix !

GORDIFLAUT, continuant le mouvement.

Vous m'avez dit que je devais pas parler...

LE CAPORAL.

Mais compter, ce n'est pas parler !... Un, deux !... (Gordiflaut compte aussi pendant un instant, puis il s'arrête de compter et de manœuvrer.) Quoi que c'est que vous avez ?

GORDIFLAUT, hésitant.

Je peux-t-y le dire ?

LE CAPORAL.

Puisque je vous le demande...

GORDIFLAUT.

Alors, je peux parler à cette heure ?

LE CAPORAL,

Quelle gourde ! Oui, parlez, bon'Dieu de bon sang! Quoi c'est-y que vous avez ?

GORDIFLAUT.

Je suis malade.

LE CAPORAL.

Vous êtes malade ? Depuis quand ?

GORDIFLAUT.

Depuis que je compte les flexions.

LE CAPORAL.

Vous refusez de manœuvrer, alors ?

GORDIFLAUT.

Malade !

LE CAPORAL.

Vous vous faites porter malade pendant l'exercice, vous ! C'est pas le culot qui vous manque ! Si vous n'êtes pas reconnu, mon fiston ! je vous vois pas blanc !

GORDIFLAUT, d'une voix défaillante.

Malade !...

Il s'assied sur le banc.

LE CAPORAL.

Vous allez pas rester là ? Rentrez dans votre chambre !

GORDIFLAUT, sans bouger.

Malade !

On entend la sonnerie de la visite.

LE CAPORAL.

Tenez, on rappelle à votre grade !... Vous voulez pas bouger ? Je vas prévenir le major.

Il sort.

SCÈNE V

GORDIFLAUT, seul, se levant.

On appelle ça tirer au... au flanc. Je suis pas malade, mais les *exercices* d'assouplissement, j'en ai soupé ! j'en ai plein les reins ! J'ai fait ça plus de cent fois déjà... eh bien ! plus je le fais, plus ça me dégoûte, ça m'*ostine*, quoi ! J'aime mieux être malade jusqu'à la gauche... Je vas demander à entrer à l'hôpital pour tirer une bonne flemme... C'est pas malin avec le vieux major! On y monte le coup comme on veut. Ça m'est déjà arrivé plus souvent qu'à mon tour. (Il se met sur la langue du blanc de guêtre en se mirant dans une petite glace, se cogne les coudes contre le mur.) Ça y est! C'est pas plus difficile que ça! En voilà pour quinze jours d'hôpital. C'est toujours ça, ça compte sur le congé.

On entend:

LE MAJOR, dans la coulisse.

Un homme qui s'est trouvé mal à l'exercice ?..

GORDIFLAUT.

Ah! v'là le major! Attention !

Gordiflaut s'affale sur le banc.

SCÈNE VI

GORDIFLAUT, LE MAJOR, LE CAPORAL.

LE MAJOR, entrant.

Où est-il, cet homme malade ?

LE CAPORAL.

Le voilà, monsieur le major. J'étais en train d'y inculquer les exercices d'assouplissement, alors...

LE MAJOR.

Ça suffit! (A Gordiflaut.) Vous êtes malade, mon garçon ?

GORDIFLAUT, d'une voix dolente.

Oui, monsieur le major.

LE MAJOR.

Qu'est-ce que vous avez?

GORDIFLAUT.

J'ai les fièvres.

LE MAJOR.

Qu'est-ce que c'est que ça, les fièvres ?

GORDIFLAUT.

Je sais pas, monsieur le major, mais je les aï...

LE MAJOR, lui tâtant le pouls.

Tirez la langue. Ah! bon! Je vois ce que c'est!..
Vous avez un couteau, caporal?

LE CAPORAL.

Oui, monsieur le major.

LE MAJOR.

Prêtez-le moi.

LE CAPORAL, donnant son couteau.

Voilà, monsieur le major.

LE MAJOR, à Gordiflaut.

Tirez la langue. (Gordiflaut a peur.) Ne craignez rien,
ne tremblez pas, je ne veux pas vous la couper.
C'est pour gratter le blanc de guêtre qui est dessus.
(Il lui gratte la langue. Gordiflaut crie.) On ne me la fait
pas, celle-là, mon petit ami, je la connais ! — Comment vous appelez-vous ?

GORDIFLAUT, bégayant.

Gogo... Gogordidi...

LE MAJOR.

Il ne peut même pas dire son nom... (Au caporal.)
Comment s'appelle-t-il?

LE CAPORAL.

Gordiflaut.

LE MAJOR.

Votre affaire est bonne !... Elle est bonne, votre affaire !

GORDIFLAUT, à part.

Moi, je la trouve mauvaise.

LE MAJOR.

Je n'aime pas qu'on se moque de moi, vous savez !

GORDIFLAUT.

Mais, monsieur le major...

LE MAJOR.

Quoi, « monsieur le major », quoi ? Qu'est-ce que vous avez à dire ? Rien du tout, n'est-ce pas ?

GORDIFLAUT.

J'ai rien mangé depuis trois jours.

LE MAJOR.

Pourquoi ?

GORDIFLAUT.

On me chipe ma gamelle.

LE MAJOR.

Ça ne me regarde pas, ça ! Vous coucherez ce soir à la boîte ; je ne vous reconnais pas malade.

GORDIFLAUT, balbutiant.

C'est que... je n'ai pas... pardon... excuse...

LE MAJOR, se fâchant.

Assez ! Vous avez voulu me monter le coup, hein ? Mais ça ne prend pas avec moi, vous entendez ! Je suis un vieux de la vieille, moi !... Regardez-moi bien, mon garçon. On ne se paie pas ma fiole. Six campagnes, deux blessures : l'une à la jambe, l'au-

tre à Madagascar... Je vais vous faire voir comment
je m'appelle !..

Il sort en maugréant.

SCÈNE VII

LE CAPORAL, GORDIFLAUT, RAPÉ.

LE CAPORAL.

Eh ben, mon lascar, vous v'là dans de jolis draps !

GORDIFLAUT.

Ça a pas pris... c'est raté ! Cré vingt noms d'un
pompon !

RAPÉ, entrant.

Qu'est-ce qu'il y a donc ?

LE CAPORAL.

Gordiflaut qui s'est fait porter malade pendant
l'exercice.

RAPÉ.

Et il n'a pas été reconnu ?

LE CAPORAL.

Comme de juste !

RAPÉ, riant.

Autant pour le second rang ! Ah! mon lapin! T'en
as pour quatre jours de grosse boîte !

LE CAPORAL.

Ah! ça, oui, au moins!

GORDIFLAUT

Mais comment qu'il a vu que j'avais mis du blanc
sur ma langue ?..

RAPÉ.

C'est que le vieux major, il a l'air comme ça d'une vraie poire, et puis c'est pas vrai !

LE CAPORAL.

Il la connaît dans les petits coins !

GORDIFLAUT.

Ah ! le vieux rossard, va ! (Cherchant à imiter le major.) Regardez-moi bien, mon garçon... On se paie pas ma fiole ! Six campagnes à la jambe, l'autre à Madagascar !

> Rapé et le caporal se tordent. Dans la coulisse, le clairon sonne aux sergents de semaine pour les lettres.

LE CAPORAL.

Tiens, v'là le vaguemestre.

GORDIFLAUT.

J'attends une lettre d'Ursule, rapport à la ballade qu'on doit faire dimanche.

LE CAPORAL.

Qui que c'est, Ursule ?

RAPÉ.

C'est Marie-Mange-mon-prêt !

LE CAPORAL.

Ah ! je la connais !..

RAPÉ.

Eh bien, et moi donc !..

GORDIFLAUT.

Mais si je suis puni, je pourrai pas sortir ! Pauvre Ursule, va !

RAPÉ, riant.

On ira la consoler à ta place !

GORDIFLAUT.

T'as pas peur !

RAPÉ, moqueur.

Entre pays de la même classe !..

GORDIFLAUT.

Pas de blague ! Mais quelle fichue idée que j'ons eue là de faire le malade qu'a des fièvres.

LE CAPORAL.

C'est toujours un sale fourbi de faire le malade.

SCÈNE VIII

Les Mêmes, LE SERGENT, entrant.

GORDIFLAUT.

Sergent, c'est-y que vous avez une lettre pour moi.

LE SERGENT.

Comment que vous vous appelez ?

GORDIFLAUT.

Gordiflaut.

LE SERGENT.

J'ai des tas de choses pour vous. D'abord, une lettre que v'là.

Il la lui donne.

GORDIFLAUT.

Tiens ! elle est épaisse.

Il l'ouvre.

LE SERGENT.

C'est un mandat ?

2

GORDIFLAUT.

Juste ! C'est de mon père. J'y ai souhaité sa fête
la semaine dernière ; v'là sa réponse : cinq francs !
C'est rien bath... J'attends une autre lettre... une
lettre de...

LE SERGENT.

De ?..

GORDIFLAUT.

De... je peux pas le dire.

LE SERGENT.

De votre connaissance, hein, mon gaillard ?

GORDIFLAUT.

Qui qui vous l'a dit ?

LE SERGENT.

C'est lui...

GORDIFLAUT.

Qui, lui ?

LE SERGENT.

Arme à la bretelle ?.. J'ai pas d'autre lettre pour
vous, mais j'ai un petit billet qui parle de vous pour
le rapport. Vous n'avez pas été reconnu à la visite,
ce matin, mon lascar, et le major m'a dit de vous
porter quatre jours avec le motif... Le voilà, votre
papier. (Il lit.) « Gordiflaut, quatre jours de consi-
» gne, ordre du sergent de semaine, pour avoir es-
» sayé de couper à l'exercice en simulant le malade
» envers le médecin-major qui n'a rien voulu sa-
» voir. »

GORDIFLAUT.

C'est malheureux, ça tout de même.

LE SERGENT.

Ça vous apprendra à vouloir faire le jacques avec
le major !

GORDIFLAUT.

Jamais je serai plus malade, c'est fini, je le jure
sur mon Dieu et mon âme !... (Sonnerie de la soupe.)
Ah ! v'là la soupe ! Il n'est que temps !

Il sort en courant.

LE CAPORAL.

Je me trotte aussi.

RAPÉ.

Eh ben, on devait prendre un verre ?..

LE CAPORAL, en sortant.

Après la soupe.

RAPÉ.

Comme tu voudras.

SCÈNE IX

RAPÉ, LE SERGENT.

RAPÉ.

Qu'est-ce qu'il y a de nouveau aujourd'hui, sergent ?

LE SERGENT.

Il y a des punitions, comme s'il en pleuvait. (Il
lit dans le livre.) « Deux jours de consigne au soldat
» Friton, ordre du caporal Rigadet, pour avoir traité
» ce caporal de dégourdi, ce qui est faux. (Ils rient.)
» Virelet, élève-caporal, quatre jours de consigne,

» ordre du sergent Boude, pour avoir laissé ses sou-
» liers sous son lit pas cirés et avoir répondu à ce
» dernier qu'il s'en tamponnait le coquillard. »

RAPÉ, souriant.

Ça c'est un sale motif !

LE SERGENT.

Eh bien, et celui-ci : Barbizon, caporal-fourrier,
deux jours de salle de police ordre du capitaine,
pour avoir dessiné des petits cochons sur le livre
d'ordinaire dans le but évident de faire des allusions
désobligeantes à ses supérieurs. (On entend sonner le
rapport.) Bon, le rapport, je fais tout dans la compagnie en ce moment. Je remplace le sergent-major en
permission, je suis de semaine encore pour trois
jours, le fourrier va aller au bloc, je vais être obligé
de faire son service aussi...

RAPÉ.

Si encore vous touchiez leur prêt, y aurait du bon.

LE SERGENT.

Ah ! ouiche ! je t'en souhaite !

Il sort.

SCÈNE X

RAPÉ, GORDIFLAUT, entrant en mangeant sa viande
sur son pain.

GORDIFLAUT.

Je suis tombé sur un morceau de bidoche ! ah !
malheur, un vrai sous-pied !

RAPÉ.

T''en as de la veine aujourd'hui.

GORDIFLAUT.

Si j'avais pas eu mon mandat, y aurait de quoi se faire périr dans la citerne.

RAPÉ.

Ça, c'est des boniments de femmes saoûles !

GORDIFLAUT, s'asseyant.

Non, c'est la vraie vérité, toute pure! ah! maintenant je vas lire ma lettre.

RAPÉ, l'imitant.

Ça colle, on va la lire !

GORDIFLAUT.

Tu bouffes donc pas, ce matin?

RAPÉ.

Y a bésef de temps que j'ai fini.

GORDIFLAUT.

T'as le premier bouillon?

RAPÉ.

Tout le temps, Gaëtan.

GORDIFLAUT, lisant.

« Mon cher fils, je mets la main à la plume pour
» te faire assavoir que ta lettre est bien arrivée à ma
» destination ousqu'elle me disait que tu m'envoies tes
» salutations rapport principalement à la chose du
» jour annuel et triomphant de ma fête de naissance,
» je suis t'été z'heureux, vu z et y compris la cir-
» constance conséquente de ton départ z'au régiment
» militaire d'infanterie dont auquel que tu dois faire
» partie du contingent de cette classe de l'année.

« Pour lors, je t'envoie dans ma présente de ce
» matin un mandat de cinq francs pour que tu en dis-
» poses si tu veux à ton désir sans embarras à la
» santé de tes père et mère qui sont toujours dans
» les pensées de leur garçon, de même que toi au
» métier de militaire *mémontané* que tout un chacun
» il est forcé de faire obligeamment de par la loi... »
(Pleurnichant.) Pauvre père, va ! qué brave homme
tout de même ! Je suis t'ému de cette écriture !

Il se mouche.

RAPÉ.

Oui, c'est un brave homme, il t'envoie cent sous !
Il serait encore plus brave, s'il t'envoyait dix francs !

GORDIFLAUT.

Toi, faut toujours que tu blagues. Où que j'en étais.
Hou... Ah ! voilà ! (Il reprend sa lecture.) « Ta mère
» t'envoie par le voiturier de Saint-Emincé un pa-
» quet ousque tu voirras qu'elle a mis trois chemises
» neuves qu'elle a fait avec trois chemises usées de
» ton frère Claude... Quand elles seront usées tu les
» renvoirras, elle en fera trois chemises neuves à ta
» sœur cadette... Reçois, en attendant les nouvelles
» que nous attendons furtivement de ta santé dont
» serons tous contents, mon cher fils, les assurances
» de ta mère et de toute la famille, ainsi que des
» autres pareillement dont celle-ci te trouvera de
» même, je l'espère. »

Il pleure comme un veau. Le clairon sonne le rappel pour
l'exercice. Le caporal revient en scène.

SCÈNE XI

RAPÉ, GORDIFLAUT, LE CAPORAL.

LE CAPORAL, entrant.
Vous n'avez pas entendu le clairon ?

GORDIFLAUT, toujours pleurnichant.
Mais si-i-i-i...

LE CAPORAL.
Quoi que vous avez à pleuvoir des yeux ?

GORDIFLAUT.
C'est mon mandat.

LE CAPORAL.
Vous attendez encore un mandat ?

GORDIFLAUT.
Non, je l'ai reçu.

LE CAPORAL.
Eh ben, c'est pas triste !

GORDIFLAUT.
Non, c'est pas triste.

LE CAPORAL.
Alorsss pourquoi que vous pleurez ?

GORDIFLAUT.
Je sais pas.

Il redouble.

LE CAPORAL.
C'est pas possible, vous êtes malade.

GORDIFLAUT, sursautant.

Ah ! non, je suis pas malade. Je le serai jamais plus malade.

LE CAPORAL.

Et votre fourniment où qu'il est ?

GORDIFLAUT, désignant la coulisse.

Il est là.

LE CAPORAL.

Allez le chercher, bon sang !

GORDIFLAUT.

J'y vas, je mets ma lettre dans ma poche, et pis j'y vas !

LE CAPORAL, se fâchant.

Ah ! puis il faudrait qu'on se grouillerait, vous savez ! (Gordiflaut disparaît.) Qu'est-ce que t'en dis, toi, de la classe qui arrive ?

RAPÉ.

Elle me fait rigoler !

LE CAPORAL.

Eh ben, pas moi !

RAPÉ.

T'as voulu des galons, t'en as !

LE CAPORAL.

Cré bon soir ! je te les donne !

RAPÉ.

Je veux pas t'en priver ! Faudrait tout de même que j'irais un peu à la salle d'armes, hein ?

LE CAPORAL.

Tu te casseras rien, toi !

Rapé sort en riant.

LE CAPORAL, à Gordiflaut qui paraît.

Je vais aller vous chercher en voiture, tout à l'heure, hein ! Vous faut-il une *autromobile ?*

SCÈNE XII

GORDIFLAUT, LE CAPORAL.

GORDIFLAUT, avec tout son fourniment sur les bras.

V'là tout le fourbi !...

LE CAPORAL.

Restez pas là comme une tourte !... Mettez votre ceinturon. (Gordiflaut essaie de boucler son ceinturon, mais gêné par son fusil, il ne peut y arriver. — Jeu de scène.) Eh ben, pensez-vous réussir ? Cré milliard de vingt dieux ! C'est pas malheureux ça tout de même... des troupiers pareils ! Posez donc votre flingot, puisqu'il vous gêne !

GORDIFLAUT.

Où qu'il faut le poser ?

LE CAPORAL.

Là, sur le bout de mon nez ! (Il hausse les épaules, frappe du pied, il est furieux.) Sacré pompier, va ! Donnez-moi ça !

Il prend le fusil de Gordiflaut qui finit par pouvoir se harnacher.

GORDIFLAUT, satisfait, épanoui.

Ça y est tout de même !

LE CAPORAL, ironique.

Comme ça, à c't'heure, vous êtes content ?

GORDIFLAUT.

Mais oui !

LE CAPORAL, moqueur.

Allons, tant mieux, mon garçon, tant mieux ! Si vous êtes disposé à pivoter maintenant, ça me fera plaisir !

GORDIFLAUT.

Y a pas de presse !

LE CAPORAL, changeant de ton.

Je vais vous en fiche de la presse, moi !... avec deux jours. Allons ouste ! Le lieutenant qui nous *yeute* là-bas, vous le voyez donc pas ?

GORDIFLAUT, se retournant.

Non, je ne le vois pas. Où qu'il est ?

LE CAPORAL.

Garde à vous ! (Gordiflaut prend vivement la position.) Nous allons faire un peu de service des places. (Il tire sa théorie et lit à la page 205.) « Honneurs à rendre par les sentinelles et plantons. Les sentinelles s'arrêtent pour rendre les honneurs dès que la personne à qui ils sont dus est arrivée à six pas d'elle. Elles lui font face et restent dans cette position jusqu'à ce qu'elles aient été dépassées de six pas. » Vous comprenez ?

GORDIFLAUT.

Ça fait douze...

LE CAPORAL.

Quoi, quoi ?... quoi qu'il fait douze ?

GORDIFLAUT.

Six pas et puis encore six pas, ça fait douze !

LE CAPORAL, qui ne comprend pas bien.

Six pas et puis encore six pas?... Ah ! oui, oui,
oui. C'est ça, vous y v'là. (Il lit.) « Les sentinelles
rendent les honneurs au Président de la République,
aux Ministres, aux Sénateurs, aux députés, aux con-
seillers d'état, en costume officiel ou revêtus de leurs
insignes. » C'est-y compris ?

GORDIFLAUT.

Et quand ils sont pas en costume ?

LE CAPORAL.

Alorsss, ça vous indiffère.

GORDIFLAUT, scandalisé.

Oh !

LE CAPORAL.

Quoi, quoi ?... Je veux dire que quand ils sont pas
en costume, vous pouvez pas les connaître!

GORDIFLAUT.

Turellement!

LE CAPORAL.

Mettez-vous en sentinelle...

GORDIFLAUT.

J'y suis.

LE CAPORAL.

Bon. Promenez-vous. (Gordiflaut se promène en tenant
son fusil comme un cierge.) Mettez l'arme sur l'épaule
droite! (Gordiflaut obéit.) Je suis le Président de la
République.

GORDIFLAUT, s'arrête et rit très fort.

Vous ?...

LE CAPORAL, sérieux.

Quoi que vous avez à vous gondoler?

GORDIFLAUT.

Dame! Vous dites que vous êtes le Président de la République. Alors je rigole...

LE CAPORAL.

En a-t-il une couche?... C'est une supposition... Voyons! Je suis le Président de la République et je me ballade la canne à la main, et puis v'là que je passe devant vous... Attention, vous y êtes? Promenez-vous en attendant, voyons. (Gordiflaut se promène.) Me v'là à six pas de vous, vous vous arrêtez, vous faites face en avant en joignant les talons, vous restez immobile, l'arme au pied. Là! C'est bon. (Le caporal tient son fusil sous le bras comme une canne, il s'approche en se dandinant.) Bonjour, mon ami. Vous êtes-t-y content de l'ordinaire dans votre compagnie. (Gordiflaut se tord.) Rigolez donc pas, bon sang! (Très digne.) Répondez-moi, mon ami, vous émouvez pas... Comment qu'elle est l'ordinaire ?

GORDIFLAUT.

Elle est toc!...

LE CAPORAL, vivement.

Faut pas dire ça, vingt dieux! Faut dire : Je suis content, monsieur le Président.

GORDIFLAUT.

On me dit de dire que je suis content, mon Président.

LE CAPORAL.

Alors, c'est vous le content? Continuez. (Il s'éloigne, voyant que Gordiflaut n'a pas bougé.) Je vous ai dépassé de six pas... c'est fini... Repos !

GORDIFLAUT.

Comment qu'elle est l'uniforme du Président?

LE CAPORAL.

Vous l'avez jamais vu ?

GORDIFLAUT.

Non. Et vous ?

LE CAPORAL.

Moi je l'ai vu... en portrait. Il a une barbe grise qui sourit avec un grand ruban rouge et un paletot noir et puis un chapeau à la main.

GORDIFLAUT.

Et les minisses comment qu'ils sont ?

LE CAPORAL.

Les minisses ? C'est aussi des civils avec des crachats et des médailles de tous les pays étrangers.

GORDIFLAUT.

Et les sénateurs ?

LE CAPORAL.

Et votre sœur ? Est-ce que vous vous fichez dans la cafetière que je vais vous expliquer la tenue de tout le gouvernement. Garde à vous !

SCÈNE XIII

GORDIFLAUT, LE CAPORAL, LE SERGENT.

LE SERGENT, entrant.

Ah ! Gordiflaut, je vous cherchais !

GORDIFLAUT.

Moi, sergent, pourquoi faire ?

LE SERGENT, railleur.

Pour vous annoncer une bonne nouvelle ; vous avez de l'avancement, mon garçon !

GORDIFLAUT.

De l'avancement ?...

LE SERGENT.

Oui, mon jeune ami, votre punition est changée par ordre du colonel en deux jours de prison !

GORDIFLAUT.

Mais, sergent, c'est pas vraisemblable, ça, voyons !

LE SERGENT.

C'est comme ça tout de même. Caporal, donnez une capote de corvée à cet homme-là et conduisez-le à la malle tout de suite.

GORDIFLAUT.

Oh ! vingt cinq pétards !

LE SERGENT.

Et vous, caporal, vous avez quatre jours de consigne.

LE CAPORAL.

Moi, pourquoi ?

LE SERGENT.

Pour avoir dérangé le major à cause de ce fricoteur...

LE CAPORAL, furieux.

Ah! vrai! Ce que j'en ai soupé de ce bleu-là!...
Malheur de malheur! Elle est jolie la classe qui
arrive!

Il sort avec Gordiflaut. Le sergent ricane.

Rideau.

FIN

Imprimerie Générale de Châtillon-sur-Seine. — A. Pichat.

PIÈCES EN UN ACTE POUR HOMMES SEULS

IMPRIMERIE GÉNÉRALE DE CHATILLON-SUR-SEINE. — A. PICHAT.

9 782019 918736